刺破阴谋的荧光

[奥]贝琳达/著
[韩]柯佑孙/绘

王 萍　万迎朗/译

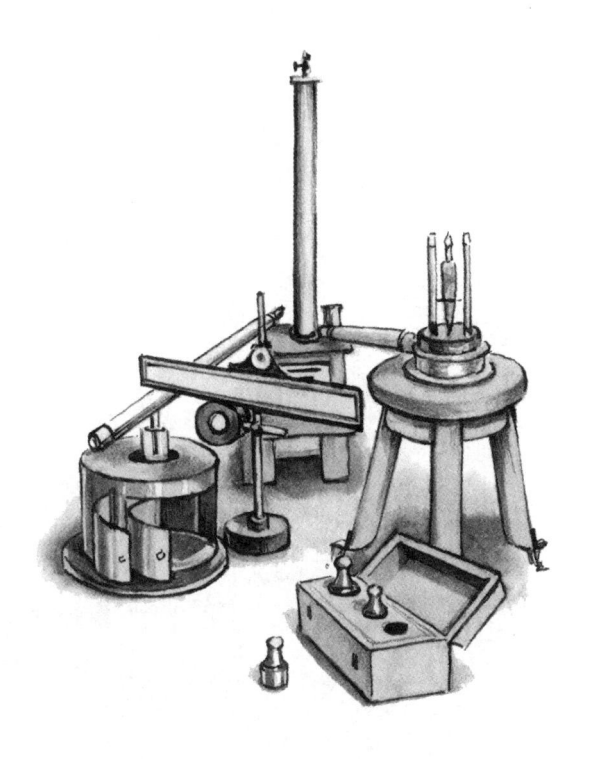

天津出版传媒集团
新蕾出版社

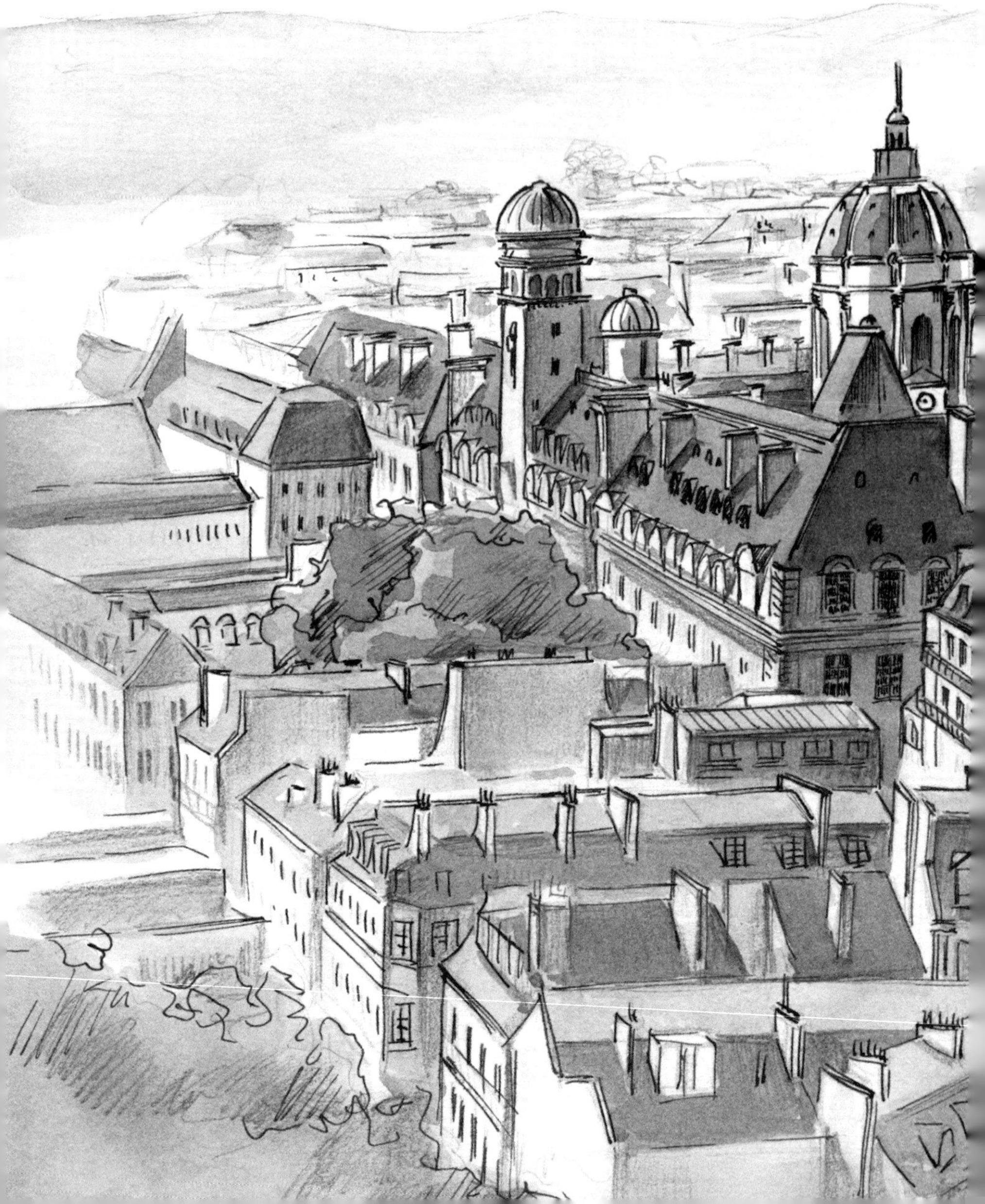

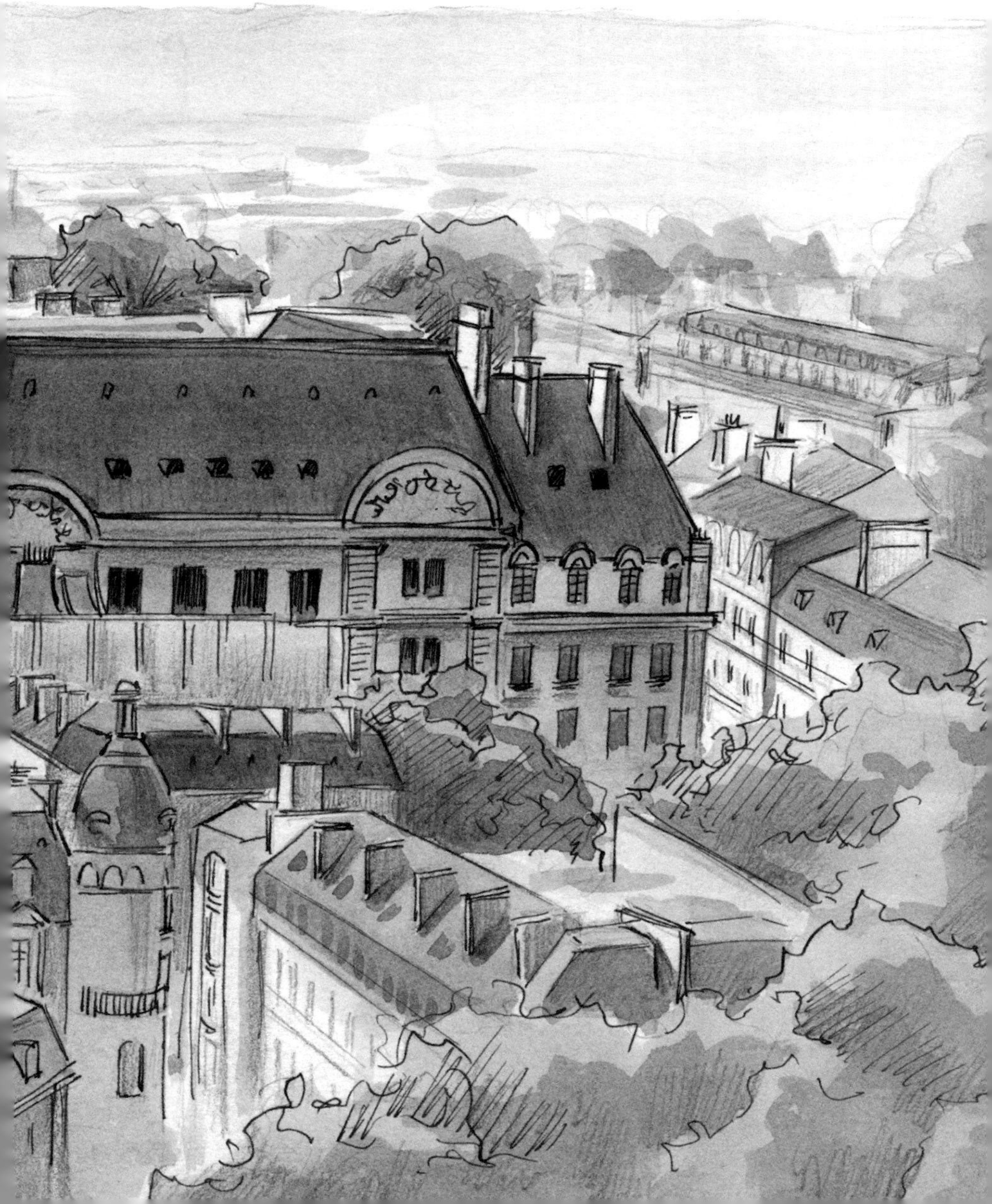

图书在版编目(CIP)数据

刺破阴谋的荧光/(奥)贝琳达著;(韩)柯佑孙绘;
王萍,万迎朗译.——天津:新蕾出版社,2023.7(2024.3重印)
(大科学家和小侦探)
ISBN 978-7-5307-7519-6

Ⅰ.①刺… Ⅱ.①贝… ②柯… ③王… ④万… Ⅲ.
①儿童小说-侦探小说-奥地利-现代 Ⅳ.① I521.84

中国国家版本馆CIP数据核字(2023)第031866号

Title of the original German Edition: Alarm im Laboratorium (Marie Curie)
© 2009 Loewe Verlag GmbH, Bindlach
Simplified Chinese translation copyright © 2023 by New Buds Publishing House (Tianjin) Limited Company
ALL RIGHTS RESERVED
津图登字:02-2022-038

书　　名:	刺破阴谋的荧光　CI PO YINMOU DE YINGGUANG
出版发行:	天津出版传媒集团 新蕾出版社 http://www.newbuds.com.cn
地　　址:	天津市和平区西康路35号(300051)
出 版 人:	马玉秀
电　　话:	总编办(022)23332422 发行部(022)23332351　23332677
传　　真:	(022)23332422
经　　销:	全国新华书店
印　　刷:	天津新华印务有限公司
开　　本:	880mm×1230mm　1/32
字　　数:	45千字
印　　张:	4.25
版　　次:	2023年7月第1版　2024年3月第2次印刷
定　　价:	26.80元

著作权所有,请勿擅用本书制作各类出版物,违者必究。
如发现印、装质量问题,影响阅读,请与本社发行部联系调换。
地址:天津市和平区西康路35号
电话:(022)23332351　邮编:300051

目 录

一 作案的凶"猫"/1

二 神秘信息/12

三 实验/23

四 更多疑问/31

五 秘密/41

六 恶毒的谣言/52

七 谎言/62

八 更多阴谋/75

九 阴影处/86

十 谁承想/99

答案/113

玛丽·居里生平大事年表/116

玛丽·居里——一位独一无二的女人/120

一
作案的凶"猫"

冬日的阳光透过大学实验室的玻璃窗将浓浓暖意洒向屋内,照亮了无数在空气中轻盈浮动的细小尘粒,也给架子、桌子上的仪器和玻璃器皿镀上了一层神秘的光泽。

但孩子们压根儿没有注意到这些,他们的眼睛都直勾勾地盯着面前实验台上倒悬在酒精灯上方的试管[①]。

"这有什么好玩的?"站在孩子们身后的记者问。朗之万教授捋了捋胡子微微一笑,冲孩子

[①]试管,一种常见的化学仪器,经常作为少量试剂的反应容器,也可用于收集少量气体。

们眨了眨眼睛,鼓励他们向记者解释。

弗雷德里克率先发言:"我们在检测试管中是什么物质。如果我们点燃酒精灯,听到沉闷的砰砰声,那么试管中的就是氢气。但如果我们听到的是轻微的啸叫声,那就说明试管中的是氧气和氢气的混合物。"他边说边转头看向试管。

记者将信将疑地点点头,正要继续发问,一声震耳欲聋的爆炸声突然响起。

伊雷娜笑着拍了拍手,弗雷德里克和其他人也一齐开怀大笑起来。

"如果听到了剧烈的爆炸声,那么试管里的就是'氢氧爆鸣气'。"弗雷德里克笑着说。

"氢氧爆鸣气?"脸色苍白但仍极力保持镇定的记者小声问。

"就是氢气、氧气和大量空气的混合物,它们受热后就会发生爆炸。"弗雷德里克咯咯笑着,

继续解释道。

"您为什么要做这个实验呢？"记者不解地问朗之万教授。

朗之万教授微笑着熄灭了酒精灯，说："先生，孩子们应该通过实验来了解化学这门学科。"

"为此您不惜炸毁索邦大学①的实验室？"

---

①索邦大学，一所位于法国巴黎的世界顶尖研究型大学，也是世界最古老的大学之一，被誉为"欧洲大学之母"。

"我们当然不会的。我们做这个实验就是为了让孩子们知道如何检测容器中是否有氢氧气体,这样就能避免在更大型的实验中发生严重爆炸。事情就这么简单。"教授友好而干脆地说,"再见了,谢瓦利耶先生。"他彬彬有礼地把记者送出了门,然后回来带着学生们一起整理好实验室,今天的课就这样结束了。

"今天还有喜事等你回家庆祝呢,伊雷娜!"朗之万教授从伊雷娜背后扫了两眼她的笔记,赞赏地点了点头。

"什么喜事呀?"伊雷娜不解地扭头看着他。

"你回家就知道啦。"教授笑眯眯地卖起了关子。

"朗之万教授,您不能提出问题后不予解答呀。这可不是科学研究的精神!"伊雷娜嗔怪道。

刺破阴谋的荧光

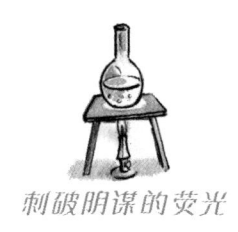

朗之万教授只得举手投降:"好吧,好吧。我听说你妈妈快要成为法国科学院院士了。当然,还得经过一轮评选,但我觉得这个席位非她莫属。"说着,他抓起资料匆匆离开了实验室——另一个班的学生在等着他上课呢,他已经迟到了。

伊雷娜简直不敢相信自己的耳朵,惊讶地看着笑意盈盈的弗雷德里克。

"太棒了!你妈妈要进科学院了!"

"从来没有女人做到过。"

"你妈妈做到了!来吧,我们赶快骑车回你家,把这个好消息告诉她!"

弗雷德里克拉起仍没缓过神来的伊雷娜的手,跑出了门。

他们可能从来没有像今天这样把自行车骑

得这么快。索镇①位于巴黎的近郊，离索邦大学很远，骑自行车走这条路的人们不得不在有轨马车、出租马车、私人马车和汽车之间穿梭前行。但今天，伊雷娜觉得这条路似乎只有平时的一半那么长。他们在鹅卵石路面上飞驰而过，到家后，她把自行车胡乱往墙边一靠，和弗雷德里克一起冲进屋里。

客厅里有很多人，三角钢琴前、桌子边都站满了人，他们手里端着杯子，谈笑风生。

"祝贺玛丽获得院士提名！"著名的数学家、居里夫人的朋友——亨利·庞加莱笑着说，声音响彻整个房间。

面对这么多人，伊雷娜感到有些局促，她在人群中焦急地寻找着母亲。居里夫人神情复杂，

---

①索镇，巴黎近郊的一个小镇。居里夫人居住在这里，是因为她的丈夫皮埃尔·居里被安葬于此。

喜悦中又夹杂着一丝迷茫。就像女儿伊雷娜一样,她也非常不习惯客厅里的嘈杂喧闹。

"妈妈,太棒了!"伊雷娜低声说,紧紧拥抱了母亲。

"首先,我还没当选呢;其次,我对这种荣誉

并不是特别感兴趣。这你是知道的。"居里夫人边说边抚摸着女儿的头发。

"但是……"伊雷娜的话还没说完，女仆伊莉丝就冒冒失失地闯进了客厅，宣布马上开饭。

像往常一样，弗雷德里克被邀请在居里家就餐。他在伊雷娜和她妹妹艾芙中间的椅子上坐下，扫了一眼宾客，除了庞加莱先生、教务长保罗·阿佩尔和索邦大学教授让·佩兰，还有两位他完全不认识的客人。

刺破阴谋的荧光

"他们是谁?"他悄悄问伊雷娜。伊雷娜耸了耸肩,表示自己也不认识。

居里夫人听到了,向他们介绍了那两位客人:"这两位是奥黛特·杜邦女士和安托万·罗奇先生。他们是科学家,最近才来到巴黎。"

伊雷娜好奇地看去,奥黛特·杜邦女士闻言不自然地笑了笑,安托万·罗奇先生则表情严肃,似笑非笑地点点头。妈妈很少在家中接待陌生人,也许他们是跟其他祝贺者一起来的,伊雷娜边想边转向妈妈,问:"你会接受这个荣誉吗,妈妈?"

"我……"居里夫人刚开口,外面突然传来"哐当"一声,把所有人都吓了一跳。

"是从花园里传来的。"弗雷德里克说。

"肯定是伊莉丝又打碎了什么东西。"艾芙说。

"是的,她有时有点儿毛躁。"居里夫人向客人道歉后走出去想看个究竟,伊雷娜和弗雷德里克好奇地跟在她身后。

居里夫人刚走进花园,家里的灰色虎斑猫迪迪就"喵"地尖叫一声,从他们身边蹿上了楼。

居里夫人笑着摇了摇头,随即看到了翻倒的锡桶和满地的土豆皮、烂菜叶,她笑道:"啊,原来是迪迪把垃圾桶弄翻了。"

她把用来收集厨余垃圾以堆肥的大锡桶放回花园长凳,便进了屋。弗雷德里克正想跟着她进屋,却被伊雷娜拉住了。

"我觉得不是迪迪干的。"她十分肯定地说。

为什么伊雷娜断定迪迪是无辜的？

二 神秘信息

"你说得对!"弗雷德里克点点头,"猫对蔬菜不感兴趣,它们一般也不会翻垃圾。"

"肯定不是迪迪干的!看,门把手上还挂着一块土豆皮。迪迪跳不了那么高。这事有些不对劲儿,我们得告诉妈妈!"

伊雷娜把散落下来的碎发别到耳后,回到了客厅。弗雷德里克又扫了一眼花园,皱了皱眉头,也回屋去了。

餐桌上气氛热烈,刚刚的小插曲早已被遗忘,大家正在举杯祝贺居里夫人和她的成功。

保罗·阿佩尔站起身来,用勺子敲了敲酒

刺破阴谋的荧光

杯,笑着对居里夫人说:"为科学院的第一位女院士干杯!"他的骄傲之情溢于言表。

其他客人也纷纷举杯祝贺居里夫人。伊雷娜也跟着举了举杯,以示敬意。但她一放下杯子,就扯着居里夫人的袖子低声说:"妈妈,有点儿不对劲儿。"

居里夫人惊讶地看着女儿。

"你说什么?"

"迪迪是一只猫,猫不喜欢翻垃圾桶。"

"再说门把手上还挂着一块土豆皮,"弗雷德里克补充道,"它怎么到那里的?迪迪跳不了那么高。"

"所以,你们俩的推论是什么?"居里夫人问,语气平淡得就好像她是在课堂上询问学生自由落体的公式一样。

"这里有小偷儿。"伊雷娜坚定地说。

"小偷儿?"艾芙大惊失色,手里盛布丁的勺子"咣当"一声掉在了盘子上。居里夫人皱起了眉头,客人们热闹的谈话也戛然而止,所有目光瞬间集中在居里夫人身上。

"您家里有小偷儿?"保罗·阿佩尔有些担忧地问。

居里夫人摇摇头。

"小偷儿?不太像,更像是一个饥饿的人在

刺破阴谋的荧光

寻找食物。现在有很多人生活窘迫。虽然我不希望有人私闯花园，但小偷儿没什么可怕的，无法解开科学之谜才是我们应该害怕的！"

小艾芙放下心来，伸手想抢弗雷德里克的布丁，但弗雷德里克成功"保卫"了自己的布丁。保罗·阿佩尔眨了眨眼，把自己的盘子推到艾芙面前。

"好吧，亲爱的玛丽，接下来几天我们要做点儿您并不乐意做的事情。"让·佩兰说，"您知道的，科学院的成员更愿意投票给那些他们熟识的人。"

一阵阴霾从居里夫人的脸上掠过，她无奈地叹了口气，道："虽然

我有很多事情要做,但我知道这在所难免,我会尽力配合的。"

保罗·阿佩尔松了一口气,笑着说:"这绝对是值得的。一旦您成为院士,为实验室申请资助就会容易很多。为此麻烦点儿是值得的!"

"这也是我参选院士的原因——希望不再为扩建和修缮实验室的资金短缺而担心。"

"只有爱德华·布兰利是您强劲的对手。"一直沉默不语的安托万·罗奇说,同伴奥黛特·杜邦一边用力地点了点头,一边啜饮着杯中酒。

"这个布兰利名声在外,并备受推崇。他在天主教学院任教,其发明是无线电技术领域的里程碑。"安托万·罗奇继续道。

保罗·阿佩尔冷静且坚定地打断了他:"玛丽的研究对人类来说是一座更高的里程碑。"

刺破阴谋的荧光

听了朋友的话,居里夫人只是笑着摇了摇头。安托万·罗奇连忙清了清嗓子,对居里夫人说:"我绝非有意贬低您的工作。恰恰相反,我是您忠实的拥护者。只是我不懂外语,这意味着我必须等书籍翻译成母语后才能了解到国外的每一项突破性发现。"

"我也只会说法语,对我来说也是这样。"奥黛特·杜邦咯咯笑着说。其他客人也跟着笑了起来,过了一会儿,话题转到了其他事情上。

"法语是你的母语。但永远陪伴你们的应该是波兰语——你母亲和她的祖辈使用的语言。"伊雷娜看着艾芙歪歪扭扭地写下"Pozniej ide do szkoly"(波兰语:我之后要去上学)几个字,忽然想起了妈妈曾经说过的话。

和自己迥然不同,艾芙更外向、热情、豁达。

她很少纠结于什么事情,昨天的小偷儿事件早被艾芙忘到九霄云外了。可伊雷娜做不到,她直到大半夜都还在琢磨这件诡异的事情:是谁如此放肆,擅自闯入她们家花园?

"伊雷娜,你在听我说话吗?"玛丽·居里把伊雷娜从沉思中唤醒。她感觉自己出神的状态被抓了个正着。

"抱歉。"她急忙用法语说。

"请用波兰语!"

"很抱歉(波兰语)。"

"你的发音越来越好了,伊雷娜。"居里夫人自豪地说,"但如果我们想及时赶到,必须加快速度了。"

伊雷娜笑了,她喜欢上妈妈的课。诺塞特小姐已经拿着雨伞在门口等艾芙了。

"要下雪了。"诺塞特小姐说着,逼着艾芙穿

刺破阴谋的荧光

上了厚外套。艾芙噘着小嘴,被诺塞特小姐领着朝学校走去。

等到居里夫人、伊雷娜和住在隔壁的弗雷德里克会合后,鹅毛大雪已经悄然而至。他们匆匆忙忙登上有轨马车,像每天早上一样,车里挤得满满当当,拉车的两匹马不堪重负地喘着粗气。人们紧挨着站着,湿衣服冒着热气,车外路面上的雪则越积越厚。

终于到了索邦大学,居里夫人使劲缩着脖子,匆匆赶路。伊雷娜正想追上去,却被弗雷德里克拽住了袖子。

"哦,天哪!伊雷娜,你看!"

伊雷娜停下来一看,一大群人正聚集在索邦大学门前。尽管天上飘着鹅毛大雪,却丝毫没有影响他们群情激愤地凑在一起,大声讨论着什么。

"妈妈,等等!"伊雷娜叫道。

居里夫人完全没有注意到这群人,她一门心思地要赶去上课。当伊雷娜看清几个男人举着的标语后,惊诧万分。只见上面写着:"科学院里不应该有女人!"

居里夫人似乎毫不在意。

刺破阴谋的荧光

"早上好,居里夫人!"

一位肩膀宽厚、胡须卷曲的魁梧男人冲她们不怀好意地笑了笑,敷衍地抬了抬帽檐,伴随着人群中爆发出的热烈掌声匆匆离去。

"他就是爱德华·布兰利。"弗雷德里克赶上来,对母女俩低声说。

"那又怎样,我们还有其他事情要做,没工夫理会这些人。"居里夫人不屑地说。

他们尽可能不引人注意地穿过人群,走进校园。

"等等,伊雷娜。"弗雷德里克弯腰从地上捡起一张湿漉漉的纸条。

"这是刚刚从布兰利的一名支持者的口袋里掉出来的。可这上面写的是什么意思呢?"

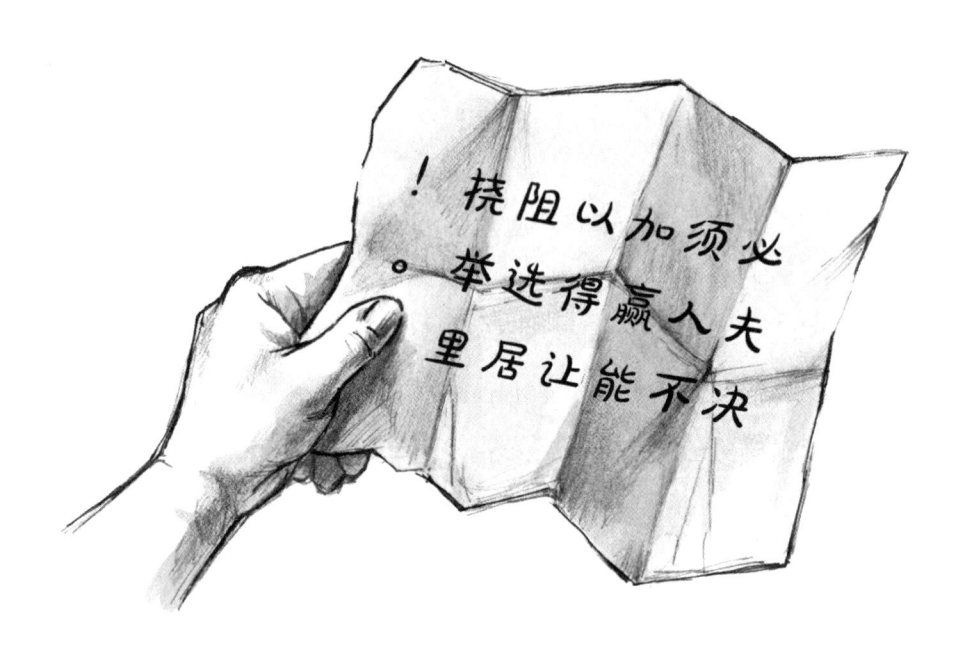

必须以阻挠不能让居里夫人赢得选举！

你能破解纸条上的暗语吗？

三 实验

"决不能让居里夫人赢得选举。必须加以阻挠!"弗雷德里克一字一顿地读道。每读一个字,他的声音就变得更低沉些。伊雷娜也死死盯着纸条,一脸的难以置信。一片厚厚的雪花落在上面,融化后模糊了墨迹。

"快,把纸条收好,免得字迹都模糊了。"伊雷娜声音颤抖,"我们必须拿给妈妈看看!"

弗雷德里克小心翼翼地把纸条放进口袋里。

"妈妈在前面!"伊雷娜拉起弗雷德里克穿过校门前的人群。

"妈妈,他们想阻止您当选!"还没跑到跟

前，伊雷娜就冲正等着他们的居里夫人喊道。

居里夫人闻言挑了挑眉，说："这是显而易见的。这些人总不会无缘无故地集会示威。"

"我不是指那个。我们发现一张纸条，上面明确地写着要阻止您当选。"伊雷娜跑得上气不接下气。

"他们要是不给我投票，我也无能为力。对我而言，重要的是工作和教课。"居里夫人大步向前走去，把坏情绪抛到脑后。

伊雷娜无奈地看了弗雷德里克一眼。弗雷德里克也只能耸耸肩，跟在居里夫人身后。

走上讲台的居里夫人面带微笑，一如往常。她拢了拢头发，打开教案。

"现在我们做一个实验。"伊雷娜、弗雷德里克和其他人一起跟着居里夫人来到实验台前。

刺破阴谋的荧光

出乎众人的意料，居里夫人只往烧瓶里加了点儿水，放到酒精灯上，点着了火。

"我们是在烧水？"伊雷娜有点儿摸不着头脑。

"是的，我们要烧水。"居里夫人平和的语气里带着点儿戏谑。等水面开始出现气泡后，她熄灭了酒精灯："现在，我的问题是，如何长时间地

保持水温?"

这问题乍一听很小儿科,伊雷娜和弗雷德里克差点儿笑出声来。但和其他人一样,他们很快发现这个问题很难解决。他们想出一堆复杂的措施,又一一推翻;讨论了很多荒谬的做法,最后徒劳无功。大多数方案都不可行,而烧瓶里的水却在一点点变凉。

"可以用羊毛把烧瓶包起来。羊毛能保暖。妈妈总让我穿羊毛袜。"弗雷德里克心不在焉地咕哝,眼睛始终盯着烧瓶。

全班同学哄堂大笑,伊雷娜也咯咯笑了起来。

时间一分一秒地过去了。下课时间到了,可问题还没解决。

"你会怎么做,妈妈?"伊雷娜忍不住问道。

"我会在瓶口塞上瓶塞。"居里夫人简短地

刺破阴谋的荧光

回答。

弗雷德里克使劲拍了一下自己的脑门儿,伊雷娜一个劲儿地摇头,觉得不可思议,其他同学也很感慨。是的,方法就这么简单!他们都想得太复杂了。

大家议论着,正准备离开实验室。

"等一下!都不要离开房间!"

居里夫人说话的音量不高,语气却很严厉。伊雷娜抬头一看,妈妈的脸颊微微泛红,目光凌厉。

"不要告诉我,你们一会儿会整理干净,或者等明天,或者等下一课!永远不要让实验室凌乱甚至肮脏!科学是严谨的,实验室也应

该被严谨地整理好。"

迫不及待要冲出门去的孩子们懊悔地回来开始整理实验室。一切收拾妥当,居里夫人带着弗雷德里克和伊雷娜一起前往拉丁区①。

"哦,真糟糕!"居里夫人突然叫起来,"我把笔记本忘在居维叶街的实验室了。可是下一堂课马上就要开始了。你们能帮我把笔记本取回来吗?"

"当然,妈妈!"

与居里夫人道别后,两个孩子匆匆赶往实验室所在的居维叶街。下午的天色灰蒙蒙的,城市被雾气笼罩着,仿佛暮色将至。走到实验室楼下,伊雷娜抬眼向上望去。

"有人刚刚关了实验室的灯。"她说。

---

①拉丁区,巴黎著名的学府区。拉丁区这个名字来源于中世纪这里以拉丁语作为教学语言。

刺破阴谋的荧光

"可能是莫里斯。他和你妈妈一样,一工作起来就没日没夜的。"弗雷德里克竖起夹克领子。天气很凉,潮湿的寒气渗入骨髓。

伊雷娜默默点头。莫里斯是妈妈的侄子,他像妈妈一样勤奋。有朝一日,他肯定能有所建树!

雪又纷纷扬扬地落了下来,两人像小老鼠一样蹿进大楼,冲向实验室。房间里非常阴冷,弗雷德里克恨不得赶紧出去。伊雷娜打开灯,瞬间愣住了。"我们要小心。这里不对劲儿!"她神色惊慌地看着弗雷德里克说。

伊雷娜发现了什么？

四
更多疑问

"莫里斯肯定只是离开一小会儿。"弗雷德里克宽慰她。

"不对,他不会这样离开的。你也看见了,实验室弄得一团糟时,妈妈多么生气。莫里斯哪怕只是临时离开也不会让实验室如此凌乱不堪!"伊雷娜坚定地说,盯着一片狼藉的实验台陷入了沉思。"这很奇怪。"她喃喃道。

"但除了莫里斯,还有谁会来这里?"弗雷德里克打量着脏乱的桌子说。"也许是布兰利的支持者?"他继续猜测,"为了找到不利于你妈妈当选的东西?"

"这里能有什么呢?这么做毫无意义!"伊雷娜想不通,这似乎是爱因斯坦也解不开的谜题。弗雷德里克也一时找不到头绪。他环顾实验室:架子上放着一架被擦得锃亮的居里天平[①],酒精灯、试管、烧瓶和其他玻璃器皿摆放得整整齐齐,物理仪器和其他测量设备都放在下面的桌子上。一切都井然有序,看得出是细心整理好的。与之相比,凌乱的实验台显得更加突兀。

"也许有人想将你妈妈的研究成果窃为己有?"

"布兰利绝不会那样做的!"伊雷娜不同意,像他这样级别的科学家不会做这种有损声誉的知识盗窃,那会让他身败名裂的。

"他本人不会。那他的支持者呢?"弗雷德

[①]居里天平,居里夫人的丈夫皮埃尔·居里发明的精密天平。它是一种不用砝码就能快速称量物体质量的精确天平。

刺破阴谋的荧光

里克说。不过,他也不确定,布兰利的支持者会有那么胆大妄为吗?

"目前,妈妈正在研究放射性元素的化学性质。这项研究成果对谁来说有意义呢?"

"那这个世界上谁都有可能。"弗雷德里克幽默地回答。居里夫人的研究受到全世界瞩目。哪怕是世界上最遥远的国家都曾派人向她请教过有关放射性元素的问题,并热切希望获悉最新研究成果。所以说起来,全世界都有窥探实验室的动机。

"我知道,"伊雷娜叹了口气,接着她突然想到了另一种可能,紧张地看向弗雷德里克,"有

没有可能是有人想伪造研究结果,毁坏妈妈的名声呢?"

"那我们就又回到'嫌疑人是布兰利的支持者'这个问题上来了。"弗雷德里克干巴巴地说。

"正是。"

"你妈妈的笔记本呢?我们不就是为它而来的吗?它不会……"弗雷德里克没有再说下去,要是珍贵的笔记被偷了,后果简直不堪设想。但伊雷娜只是报以轻轻一笑。

"妈妈总把它藏起来。正因如此,她才会经常把它忘在实验室。瞧,在这儿呢!"

伊雷娜径直走向位于实验室角落里的一张小桌子。尽管它已经有点儿变形和摇晃,但仍然是居里夫人最喜欢的物件之一。伊雷娜一掀桌板,只听"咔哒"一声,一个夹层露了出来。弗雷德里克惊讶地看着她从夹层里取出了那本珍贵

刺破阴谋的荧光

的笔记。

"我们走之前要收拾一下吗?"弗雷德里克问。

"嗯,这样比较好。这里看起来太糟糕了!"一个声音从他们背后响起。

伊雷娜和弗雷德里克转身一看,原来是莫里斯。他刚进来,望着凌乱的实验台脸色都变了。

"你们来这里做什么?"

"我们来替妈妈取她的笔记本。我们还以为是你把这里弄得一团糟的呢。"

"怎么可能,不是我。至少我觉得不是我。"莫里斯喃喃道。

"你也是刚过

来吗？"弗雷德里克好奇地问道。

莫里斯点点头，说："是的，我要邮寄一些样品。我不确定有没有带够钱，就一直在算邮费是多少钱。难道我一心想着这些，完全忘记收拾实验台了？虽然我觉得……呃，我也不确定了。"

莫里斯看上去又迷惑又羞愧。伊雷娜和弗雷德里克见状会心一笑。是的，莫里斯是一位天生的科学家。不说是绝对的天才，也算得上非常出色。但他也是个十足的糊涂虫，经常穿着两只不同颜色的袜子出门。

他们和莫里斯一起把实验室收拾好，准备回学校。外面仍是大雪纷飞，鹅毛般的雪花不断落在鹅卵石路面上，滑得让他们走在路上以为自己穿的是溜冰鞋。

"我觉得不是莫里斯把实验台弄得乱七八糟的。"弗雷德里克突然停下脚步说。他好像忘了

刺破阴谋的荧光

还在下雪这件事,雪水从他的头发上滴落,顺着脸颊,沿着脖子,流进衬衫领子里,他却毫不在意。他紧张不安地盯着伊雷娜。

"你的意思是?"伊雷娜问。

"如果莫里斯在邮局,那么之前实验室里就另有其人。我们刚到楼下时,看到有人在关灯。"

"没错,"伊雷娜的神色一下子紧张起来。她拂去睫毛上的雪花,说,"弗雷德里克,我们必须找出这个人是谁!"

他们正要走进大学校门时,伊雷娜注意到一个拿着刚印刷出来的报纸大声吆喝的报童。他在一个鲜花摊子前举着报纸,喊道:"玛丽·居里——女人绝对不能进科学院!快来看《埃克塞西奥报》的最新消息!"

"又来了?"弗雷德里克气呼呼地说。

伊雷娜没理他,出神地盯着转眼就被一堆人

团团围住的报童。

"他们对这个消息真是趋之若鹜呀。"伊雷娜苦笑着。

"也许是你妈妈的支持者想要了解更多信息呢?"弗雷德里克安慰她,"看,奥黛特·杜邦和安托万·罗奇也在那儿。还有昨天我们课堂上的记者——古斯塔夫·谢瓦利耶。"

"谁说他们不是敌人?"伊雷娜震惊且愤怒地说,"他们正和布兰利的支持者交谈呢!看那三个人,他们是布兰利的学生!"

"不如我们直接过去问问。"弗雷德里克善意

刺破阴谋的荧光

地说,径直朝奥黛特·杜邦、安托万·罗奇和记者走去。伊雷娜踟蹰地跟在他身后。弗雷德里克知道她生性害羞,所以他挺身而出把这件事揽了下来。

可他们还没走到跟前,古斯塔夫·谢瓦利耶就转身消失在人群中。奥黛特·杜邦和安托万·罗奇还在原地。弗雷德里克鼓起勇气,鞠了一躬说:"我们还以为二位站在居里夫人一边呢。"

奥黛特·杜邦吓得打了一个激灵,安托万·罗奇一开始也似乎很不高兴,但当他认出弗雷德里克后脸色缓和起来。"我们是支持居里夫人的!尽管如此,我们还是想知道到底发生了什么。兼听则明,偏信则暗嘛!"他一边解释,一边捻着小胡子。

"正是。我们在大学门前站了好几个小时,

就是想观察发生了什么。"奥黛特·杜邦补充。

弗雷德里克微微一笑,转身低声对伊雷娜说:"骗人!"

弗雷德里克怎么知道奥黛特·杜邦在撒谎?

五 秘密

"他们俩为什么要撒谎?他们是布兰利的支持者吗?"弗雷德里克疑惑地看着奥黛特·杜邦和安托万·罗奇的背影消失在人群中,只有安托万·罗奇的高顶礼帽仍然依稀可辨。

"我们得多了解了解他们。"伊雷娜说。

弗雷德里克点了点头,他们匆匆走进大学,分头行动。伊雷娜去将笔记本交给母亲,弗雷德里克开始寻找能够提供线索的人。眼下正是上课时间,宽阔的走廊里只有零星几名学生。弗雷德里克在走廊里飞奔着,他湿漉漉的鞋子在大理石地面上直打滑,脚步声在走廊中回响着。有的

教室里爆发出一阵哄堂大笑，有的教室里则传出学生们有节奏地敲打桌面为教授喝彩的声音。弗雷德里克四处张望，却没有看到一张熟悉的面孔。就在他准备放弃的时候，他发现保罗·阿佩尔和让·佩兰正站在一扇窗户旁。终于找到可以问的人了！他还在琢磨着怎样跟他们开口，保罗·阿佩尔已经看到了他，招手示意弗雷德里克过去。

"弗雷德里克，你迷路了吗？"他问。

"不，先生，那怎么可能。事实上，我正在……找您。"弗雷德里克的脸一下子涨红了。

刺破阴谋的荧光

保罗·阿佩尔是学校的教务长,事到如今必须和他说了!

"找我?"保罗·阿佩尔既惊讶又觉得好笑。他扬起浓密的眉毛,用好奇的目光看向弗雷德里克。

"你遇到数学难题了吗?"让·佩兰问,他调皮的笑容给了弗雷德里克勇气。

"《埃克塞西奥报》的新闻报道对居里夫人非常不利。"他开始说。

"他们又大放厥词了?"保罗·阿佩尔愤怒咆哮道。

"是的。"看到保罗·阿佩尔和让·佩兰露出忧心忡忡的表情,弗雷德里克赶紧继续说,"我们想知道站在居里夫人一边的都有谁。我们在外面看到了奥黛特·杜邦女士和安托万·罗奇先生,他们与布兰利教授的支持者站在一起。所

以我们——就是伊雷娜和我——想知道他们是不是真的支持居里夫人。"

保罗·阿佩尔很震惊。让·佩兰迷惑地抚摸着尖尖的山羊胡,耸了耸肩说:"嗯,其实我对他们并不了解。你呢,保罗?"

保罗·阿佩尔摇摇头:"我也是。他们是几

刺破阴谋的荧光

周前来到巴黎的。他们对居里夫人的研究很感兴趣,自己也是学者,想帮助居里夫人更好地宣传她的发现。据我所知,他们非常富有,仅凭这一点就不无用处。"

"你认为他们会对居里夫人不利吗?"让·佩兰问,用探询的目光看向弗雷德里克。

弗雷德里克不知道该怎么回答。他不能诽谤受人尊敬的学者!他还在琢磨怎么措辞让话语尽量听起来不令人难堪,庞加莱教授浑厚的声音突然从背后传来,打断了他们:"啊,你们来了!"

弗雷德里克转身看到伊雷娜也跟着过来了,顿时松了一口气——有个人做伴总是好的。

庞加莱教授大步流星地走到他们跟前,高声说:"外面又乱起来了。布兰利的支持者真是不惜一切代价,这是一场针对居里夫人的诽谤!"

保罗·阿佩尔和让·佩兰都点了点头,面色凝重。亨利·庞加莱继续说道:"但《费加罗报》①是站在居里夫人这边的,这份报纸比涂鸦小报《埃克塞西奥报》更权威。"

"而且居里夫人有很多支持者,他们不会相信这些胡说八道的话,不会相信任何人的谎言。"保罗·阿佩尔说着向伊雷娜和弗雷德里克鼓励地眨眨眼。

远处传来的钟声让让·佩兰想起他还有课。

"我要上课去了!"他大喊一声,匆匆离去。

"没事的,你母亲总是能够渡过难关。"亨利·庞加莱说完,和保罗·阿佩尔一起匆匆赶往教室上课去了。

只剩下伊雷娜和弗雷德里克站在原地。

---

①《费加罗报》,创立于1826年,该报纸至今仍在出版,是世界上最重要的报纸之一。

刺破阴谋的荧光

"我们毫无进展,不是吗?"弗雷德里克嘟囔着。

"是没有什么实质性进展。"伊雷娜有点儿气馁,"有人潜入实验室,有人闯进院子,布兰利的支持者变得越来越咄咄逼人,而我们束手无策。"

"我们先回家吧。动动身体也可以换换脑筋——你妈妈总这么说。"弗雷德里克试图让伊雷娜振作起来。她无奈地苦笑了一下,和弗雷德里克一起往家走去。

当伊莉丝端上热气腾腾的苹果酱和香喷喷的煎饼时,伊雷娜总算露出了笑容,弗雷德里克更是笑得合不拢嘴。

他们刚要开动,莫里斯突然出现在门口。"太好了,煎饼!"他一屁股坐在椅子上,端起盘子吃了起来。

"莫里斯,你认识奥黛特·杜邦和安托万·罗奇吗?你对他们印象怎么样?"伊雷娜冷不丁问。

莫里斯咽下一大口煎饼,用餐巾纸轻轻擦了擦嘴角说:"我只在实验室见过他们两次。他们对我很好奇。还有,安托万·罗奇说话很滑稽。"

"具体什么情况?"弗雷德里克刨根问底。

莫里斯耸耸肩:"他的法语听起来很蹩脚。嗯,可能他来自南方吧。我要回实验室了,看看实验进展如何。"

莫里斯吻了吻伊雷娜的脸颊,揉了揉弗雷德里克的头发。他们还没来得及问下一个问题,莫里斯已经跨出了门。

"莫里斯说的没错，罗奇先生的口音确实有一种奇怪的方言味道。好吧，至少莫里斯也认为他们很不对劲儿。除我们外，他是第一个这么说的。也许明天我们会有更多发现，但现在我得回家了。"弗雷德里克说着站了起来。

伊雷娜把他送到门口。路灯已经亮起来了，莫里斯的脚步声在寂静的傍晚小巷里清晰可辨。弗雷德里克再次向伊雷娜挥手告别。她刚要关门，目光落在了一堆刚刚被路灯照亮的东西上。她弯腰捡起来，是几张碎纸片。

"弗雷德里克！回来！看看这个！"伊雷娜激动地叫道。

弗雷德里克又转身回来，看到伊雷娜所指的东西，兴奋得吹了一声口哨。他们跪在地上，试图将碎纸片重新拼到一起。

9:00 开编

访 夫人

12:00 采 居里

辑部会议 《费加罗报》

这几张碎纸片提供了哪些信息？

六
恶毒的谣言

"费加罗……居里……有记者想来采访我们!"伊雷娜分析道。

"但大家都知道你妈妈从不接受采访。何况,众所周知,她经常在实验室工作到深夜,来这里采访肯定会扑空。"弗雷德里克一时间没了主意。

"真是千头万绪,偏偏咱们找不到头绪。"伊雷娜深深叹了口气,站了起来。她拍了拍衣服上的雪花,顺手把碎纸片放进口袋里。

"看来今天我们是解不开谜题了。明天还有时间,也许我们能找到更多的线索,把整件事情

刺破阴谋的荧光

弄清楚。"

弗雷德里克轻轻拍了拍伊雷娜给她打气,然后道了别。伊雷娜若有所思地盯着他的背影,直到他消失在隔壁房子的门口。伊雷娜悄悄溜进屋,跑上楼梯走进自己的房间。

她草草冲了个澡,套上睡衣,抢在诺塞特小姐推开她房门之前跳上了床。

"啊,你已经上床了。棒极了!"诺塞特小姐满意地关上了房门。隔壁艾芙的房间也传来一声欢快的"晚安"。屋子里安静了下来。尽管如此,伊雷娜还是难以入睡。她辗转反侧,担心着妈妈。妈妈总会在夜深人静的某个时候回到家,点燃前厅的暖炉,这样第二天早晨孩子们起床的时候整个屋子就会是暖暖的。可怜的妈妈,她慈爱善良,对研究一丝不苟,为科学奉献了全部热忱。可现在她却被如此诋毁,这太不公平了!

伊雷娜在愤愤不平中睡着了,她梦到了妈妈。以至于第二天早上听到妈妈的声音时,她还无法确定自己是在梦中还是在现实中。

"伊雷娜,起床啦,亲爱的。你该去上课了。"

真切感觉到母亲的手轻轻抚摸着自己的头发,伊雷娜揉了揉眼,噩梦最后的阴霾消散了。

"妈妈,见到你真高兴!"她轻声说。

刺破阴谋的荧光

居里夫人冲她笑了笑,抱了抱她。

"今天早上的体育课取消了。雪太大了,天气也太冷了。"

说完这话,居里夫人又下楼去了。

伊雷娜从床上一跃而起。她暗下决心,要把昨夜的噩梦抛诸脑后,今天一定要过得开心。

这一天的前几个小时确实如她所愿,朗之万教授的课一如既往地有趣,她和弗雷德里克一起解决了一道数学难题。前一天的乌云终于散去,他们沐浴着阳光,愉快地骑着自行车回家。

这一天如此美好,以至于伊雷娜几乎将前一天的烦恼忘得一干二净。他们一路说笑着,直到弗雷德里克一个急刹车,差点儿撞上路边老奶奶的鲜花摊子。

"怎么了?"伊雷娜满眼关切地问,小心地刹

车停下。

弗雷德里克指着路边的一名报童,只见他正从包裹里往外拿《埃克塞西奥报》。伊雷娜的脸"唰"地一下子白了。上面说了什么?她跳下自行车朝报童走去。巨大的黑体字标题吸引了她的目光:居里夫人——一个外国人正在抢走法国人的饭碗!

刺破阴谋的荧光

她又扫了几眼标题下面的正文,气得胸膛剧烈起伏着。

"这太过分了!"弗雷德里克低声说。

"我决不允许他们这样诋毁妈妈!"伊雷娜怒吼。

"如果你们想看报纸,就得买下来。"报童不识趣地插话。伊雷娜重重哼了一声,扭头便走,弗雷德里克也没有正眼看他。

他们重新骑上自行车。

"你有什么打算?"弗雷德里克问。

"我要去《埃克塞西奥报》报社,和他们对质!"伊雷娜怒气冲冲。弗雷德里克歪着头,挑了挑眉。伊雷娜想了想,又说:"当然你得跟我一起去。我不跟陌生人说话的。"

弗雷德里克郑重地点了点头。"但我们去那儿也没什么用。这群人反对女性进入科学院,自

然听不进去一个女孩和她朋友的话。"他说。

伊雷娜愣住了,冲动之下她根本没有想到这些!那该怎么办呢?怒火已经冲昏了她的头脑,让她几乎无法正常思考。

"我们去找《费加罗报》。也许他们可以帮我们。"弗雷德里克说得很轻松。

"我知道他们的报社在哪里!"伊雷娜喊道,踩着踏板冲了出去。弗雷德里克赶紧跟上,直到来到报社大楼前他才追上了她。他们停好自行车,匆匆往楼内跑去。门卫试图阻止他们,但门口人来人往的,两个孩子趁乱混了进去。

他们跑上楼梯,只见一个牌子上写着"编辑部",还画着一个向上的箭头。伊雷娜两步并作一步,弗雷德里克也不得不这样,以免她一转眼就跑得不见踪影了。作为一个女孩子,她跑得真不慢!他钦佩地想。

当他们终于到达二楼时,弗雷德里克已经上气不接下气,伊雷娜却似闲庭信步,但很快她就惊讶得睁大了眼睛:他们来到了《费加罗报》的编辑部!无数震惊世界的重大新闻就是从这里编辑刊发的!记者们进进出出,打字机劈啪作响,电话铃声此起彼伏,电报[①]机的声音滴滴答答密如疾雨。

"古斯塔夫·谢瓦利耶在那边!"弗雷德里克惊讶地指向偌大房间的一角。确实!这名记者总是和布兰利的支持者搅和在一起!这个坏

[①]在传真机和电子邮件出现之前,电报是最早用电的方式来传送信息的、可靠的即时远距离通信方式。

人来这里做什么?

就在这时,古斯塔夫·谢瓦利耶也看到了他们,立刻挤过人群来到他们面前。

"孩子们!你们在这里做什么?关于你们学校的文章晚几天才会见报呢。我们得先看看选举的结果怎么样。"他边走边说,"此外,一些布兰利的支持者对你们学校这种自由的教学方式不太满意。我们不想让居里夫人陷入不必要的麻烦中!"

"这么说您不是我妈妈的敌人?"伊雷娜很惊讶,兴奋中完全忘记自己讨厌与陌生人说话,这让弗雷德里克颇为吃惊。

"怎么会!我是她最忠实的崇拜者!"古斯塔夫·谢瓦利耶大声说。

弗雷德里克忿忿不平地将《埃克塞西奥报》最新的头条新闻告诉了他。

古斯塔夫·谢瓦利耶看上去很震惊，但他很快又微笑着说："我们会扭转这个局面，我们的报纸是严肃的。明天我们将刊登一篇居里夫人的独家专访报道，这样问题就能迎刃而解！"

"你说谎！"伊雷娜反驳说。

为什么伊雷娜认定这是一个谎言？

七 谎　言

"妈妈从不接受采访。她上一次接受采访的时候我还没出生呢!"伊雷娜生气地说。

"这我可以作证。居里夫人不喜欢抛头露面。何况,她整日忙于工作,哪有时间接受采访呀!"弗雷德里克帮腔。

"而且接受采访会影响投票者的判断,像我妈妈那么正直的人绝不会这么做的!"伊雷娜继续为妈妈辩护。

古斯塔夫·谢瓦利耶皱起了眉。

"这么说来,我究竟采访了谁?那女人看起来很像居里夫人。当然,我只在照片上见过居里

刺破阴谋的荧光

夫人。但那女人长得和照片上一模一样!"

"原来是您去的我们家!"伊雷娜嗔怪道。

他红着脸问:"你怎么知道的?"

"因为我们在家门口捡到了几张写有你们报纸名字的碎纸片。"

"我还有几个问题想问居里夫人。"古斯塔夫·谢瓦利耶结结巴巴地说,言外之意承认碎纸片是他扔的。但他随即起了疑心,眯起眼睛问:"等等,我怎么知道你们两个是不是在假冒别人,误导我呢?"

伊雷娜因为被冤枉而倒吸一口凉气,弗雷德里克相对还比较冷静,他说:"你可以考我们,问我们任何关于居里夫人的事情,问那些只有了解她的人才可能知道的事情。"

古斯塔夫·谢瓦利耶挠着耳朵想了想:"好吧。居里夫人将如何处理她的发明?她会把专利^①卖给谁?"

"谁也不卖!"伊雷娜说。

"啊哈!夫人可告诉我,俄罗斯对此很热衷,她正考虑把它卖给沙皇^②。"古斯塔夫·谢瓦利耶得意扬扬地说。伊雷娜立即打断:"瞧,又是一个谎言。妈妈希望她的研究成果能够造福全人类。她永远不会为它们申请专利,并高价出

---

①专利,由政府机关或者代表若干国家的区域性组织根据申请而颁发的一种文件。这种文件记载了发明创造的内容,任何获得专利的发明创造人可以在一定时期内单独并唯一有权使用本发明或研究,并可以从中获利。
②沙皇,俄罗斯过去皇帝的称号。

刺破阴谋的荧光

售。那只会阻碍科学的发展。任何了解妈妈的人都可以证实这一点。"

古斯塔夫·谢瓦利耶半信半疑地说:"嗯,我会去核实,同时暂缓刊发专访报道。"

"如果事实证明我们没有说谎,您会帮助我们吗?我们确信居里夫人身边有人想要害她。"弗雷德里克说。

记者点了点头,匆匆和他们告别。他满脑子想的都是自己可能弄错了采访对象,这无疑会严重损害他作为一名严肃新闻记者的声誉。所以他会不惜一切代价阻止这种情况发生。

他冲出了办公室,把弗雷德里克和伊雷娜留在原地。

"现在怎么办?明天就要选举了,我们还不知道究竟是谁想害你妈妈。"弗雷德里克垂头丧气地说。

"不用说,肯定是布兰利的支持者,其中一位还接受了古斯塔夫·谢瓦利耶的采访。报道没有刊登出来,说不定妈妈还有赢的希望。"伊雷娜勉强挤出一丝笑容。

回家的路上,弗雷德里克使尽浑身解数想让伊雷娜振作起来。到他们踏进家门时,伊雷娜总算笑了。这天剩下的时间他们一直待在伊雷娜的房间里,重新梳理了所有悬而未决的问题。谁

刺破阴谋的荧光

在花园里翻找过？谁闯入了实验室？但显然他们离找到问题的答案还有很长的路要走。居里夫人疲惫地回到了家。她吃着一片干面包，看起来不太想说话。伊雷娜给她端来一杯茶，她感激地接过去。

"你在为明天的选举而紧张吗？"伊雷娜问。

居里夫人在茶里加了些糖，搅拌了一下，小心地把勺子放在一边。"是的。"她轻声说，淡淡一笑。

"那些关于你的文章写得太恶毒了！"伊雷娜怒道。居里夫人虽然继续保持着克制的微笑，但从眼睛里能清楚地看出她内心的悲伤。

"伊雷娜，生活中总有很多波折。我们不能因此分心，忽略了重要的事情。对我而言，重要的事情是科学研究，而不是那个不想接纳女性的科学院的愚蠢选举。"她过了一会儿回答道。

"但这将是一个重大认可。"伊雷娜低声说。

"是的,的确如此。"

居里夫人声音低沉,带着几分忧伤。伊雷娜坐到她身边,把头靠在她肩膀上。伊雷娜不想让任何人伤害妈妈!但她要怎么做才能阻止这一切呢?

刺破阴谋的荧光

一直到第二天早上,和妈妈、弗雷德里克站在有轨马车上,伊雷娜还在想这个问题。一路上,三人谁也没有说话。居里夫人下车后,径直前往居维叶街的实验室。她不想卷入无谓的纷争,只想清净地工作,如平日一样。三人分别后,伊雷娜和弗雷德里克继续前往科学院。今天的课程已经取消了,他们不想错过激动人心的选举!

果然,科学院门前已经水泄不通。伊雷娜发现了一大批母亲的支持者。亨利·庞加莱、保罗·阿佩尔、朗之万教授、莫里斯和让·佩兰正在高谈阔论。奥黛特·杜邦和安托万·罗奇的身影也出现了,两人都戴着大帽子,奥黛特的帽子上甚至还装饰着一根巨大的鸵鸟毛,它高高耸立着,仿佛在向远处的人挥手致意。

朗之万教授走到伊雷娜和弗雷德里克身边,

神秘地说:"我们买了一大束花,想一会儿送给你妈妈。"

"那您认为居里夫人会赢吗?"弗雷德里克问。

朗之万教授用力点点头:"无论如何,她肯定会赢。即使有些笨蛋不想承认。"他指了指站在门口的一个男人,此人正振臂高呼:"女人永远不可能成为科学院的一员!"

"他是阿马加特。他曾经和你父亲一同参

刺破阴谋的荧光

选科学院院士,并赢了你父亲。现在却以令人作呕的方式在这里炫耀胜利。"朗之万教授轻蔑地说。

就在这时,科学院院长走到阿马加特先生身边,笑着拍了拍他的肩膀,大声喊道:"大家都进来吧!除了女人!"门卫点点头,打开大门。选举即将开始。伊雷娜和弗雷德里克周围的人越来越多,越来越拥挤。两边阵营剑拔弩张,交替喊着口号,仿佛下一秒就要来一场恶斗。伊雷娜觉得妈妈选择去实验室真是明智之举。

"我们在这里站了多久了?"伊雷娜问。

弗雷德里克指了指远处的一座塔楼上的大钟:"一个多小时了。"

"选举应该很快结束了。"一直在来回踱步的朗之万教授突然停下来喃喃自语。他掏出怀表看了看,又装回口袋里,然后又开始踱步。他

看上去和伊雷娜、弗雷德里克一样忐忑不安。

他们又足足等了两小时,科学院的大门才缓缓打开,院长走到众人面前,所有人都把注意力转移到了他身上。他举起手示意大家安静下来,然后展开一张纸,读道:"爱德华·布兰利以30票对28票当选!"

"哦,不!"伊雷娜低声说。她的膝盖软了下来,眼泪在眼眶里打转。居里夫人以两票之差落选了!

布兰利的支持者阵营中欢声雷动。让·佩兰、亨利·庞加莱和莫里斯默默地走到伊雷娜和弗雷德里克身边。

"我已经把花扔掉了,现在不需要了。"莫里斯沮丧地说。

就在这时,有三个人气喘吁吁地跑了过来。其中一人的围巾滑落了,另一个人的帽子则歪歪

斜斜地扣在头上。伊雷娜一眼就认出了他们,他们是科学院的教授们。

"选举结束了吗?"一个人紧张地问。

朗之万教授默默地点点头。那三个人面面相觑,惊慌失措。

"太遗憾了!我们刚刚遇到事故,没有办法及时赶来。"

"布兰利的支持者一定就是幕后黑手!"亨

利·庞加莱惊呼。

站在旁边的一个布兰利的支持者正竖着耳朵听着呢,闻言放肆大笑道:"我们为什么要让装满苹果的马车翻车,堵塞整条街呢?无论如何,布兰利都会赢!"

"所以真的存在选举舞弊!"弗雷德里克低声说。

弗雷德里克是怎么判断出来的?

八
更多阴谋

"我们必须告诉妈妈,有人为了阻挠她当选人为制造交通事故!"伊雷娜气愤地说。

弗雷德里克点头同意。不满的情绪早就在居里夫人的支持者中间扩散开来。有人大喊:"黑幕!"有人大喊:"选举舞弊!"声音越来越大,人们群情激愤。

亨利·庞加莱摇摇头:"居里夫人应该得到一次公平公正的选举。"

"如果我们能够证明真的存在选举舞弊,会怎么样?"伊雷娜连忙插话。

"即便如此,如果我们现在要求推翻重来,

你妈妈也不会高兴。她连普通的荣誉都不愿接受，如果我们因为选举舞弊和对方争执不休，你觉得她会怎么想呢？"让·佩兰说。

伊雷娜用忧伤的目光扫过愤怒的人群，又看向得意忘形的爱德华·布兰利的支持者。是的，让·佩兰说得对，妈妈不想看到这些。

"作为护卫，我们彻底失败了。"弗雷德里克低声说。伊雷娜没有回答，她正强忍泪水。亨利·庞加莱、让·佩兰、莫里斯和朗之万教授决定去实验室看看居里夫人。他们认为，同事和朋友的鼓励肯定会对她有所帮助。而伊雷娜和弗雷德里克只想回家。

科学院门前的人群久久没有散去，他们无精打采地挤出人群。甚至在他们的马车驶出很长一段距离之后，他们还能听到夹杂着抗议声的欢呼。

刺破阴谋的荧光

"我们遗漏了什么？怎么就没能发现对方的阴谋诡计？"两人默默地挨在一起呆坐了半晌，伊雷娜终于打破沉默开口问道。

"我不知道。我们就是没有把线索整合起来，没有抓到重点。这就像科学研究，你不可能总是成功。"弗雷德里克努力安慰她道。

然而，这并不奏效。于是，他们继续一言不发地坐车前往索镇。

寒风刺骨，大雪纷飞，马车颠簸得很厉害。下车的时候，他们觉得快要被冻僵了。弗雷德里克拍了拍伊雷娜的肩膀与她告别，哆嗦着飞快地跑回了家。

伊雷娜从后门溜进屋里。客厅里传来诺塞特小姐和伊莉丝的喊叫声，看来她们又吵起来了。其中还夹杂着钢琴声，多半是艾芙在练琴。

伊雷娜不想卷入两位女士的"战争",于是她脱掉湿漉漉的鞋子,悄无声息地走进自己的房间。

这一天并不怎么顺利,她只希望它快点儿结束。黄昏来临,雪下得更大了,可妈妈还要好几个小时后才能回来,伊雷娜心中焦躁不安,只觉得度日如年。终于,外面响起了熟悉的脚步声,是妈妈!伊雷娜从椅子上一跃而起,差点儿把椅子弄倒。她三步并作两步冲下台阶,一头扎进妈

刺破阴谋的荧光

妈怀里。

"妈妈,我真的很抱歉!"

居里夫人笑着吻吻她,转身脱下帽子和外套,掸去上面的雪,把它们挂在衣帽架上。伊雷娜的泪水又在眼眶里打转了。居里夫人轻轻抚摸她的脸颊。她的手指冰冷,指尖粗糙,这双在实验中饱经腐蚀的手轻轻拂过伊雷娜的额头和头发。

"怎么了,亲爱的?"

"他们欺骗了你!"

"不,他们不是在欺骗我,而是在自欺欺人。对我来说最重要的是科学研究,还有你和艾芙。"说着,她把伊雷娜

紧紧抱在怀里。

伊雷娜原以为自己会因为太难过而无法入睡,但妈妈那番安慰的话奇迹般地让她进入了梦乡,第二天早上她差点儿睡过头。等弗雷德里克来敲门的时候,伊雷娜刚吃完早餐,她擦了擦嘴角的面包屑,穿上鞋子,套上外套冲出了家门。

他们踏着厚厚的积雪,一路艰难跋涉,来到车站。

"你妈妈怎么样?"

"挺好的,比我好。"

伊雷娜眯着眼睛看向正努力穿过厚厚云层的朝阳。

"我妈妈说,这个世界还没有准备好接纳女院士。但总有一天,女性将被允许做与男性完全相同的事情。"弗雷德里克试图安慰她。

"那就好!"伊雷娜叹了口气。

刺破阴谋的荧光

妈妈被科学院拒之门外,就因为她是女性,这件事激怒了伊雷娜。整个上午她都无法专心听课。如果女性在科学界毫无地位可言,那她为什么要学习呢?伊雷娜愠怒地摇摇头。不,她要向世界证明,女性不仅仅会做饭和织毛衣,还能做很多事情。她坚定地笑了笑,重新投入学习。等到中午下课时,她已经迫不及待地想见到妈妈了。

伊雷娜和弗雷德里克买了法棍面包、奶酪和橄榄,带着这些食物步履艰难地来到居维叶街的实验室。

"妈妈!我们带了吃的!"当他们冲进实验室时,伊雷娜兴高采烈地喊道。

居里夫人正站在实验室的桌子旁,闻声转过身来,说:"哦,是你们呀。吓了我一跳!"

"出了什么事吗,妈妈?"伊雷娜随手把食物

放在桌子上,一边打量着母亲的脸色一边问。

居里夫人神色有点儿慌张。

"有人动了我的东西。实验室里的一切都乱套了!我的一些笔记也不见了!一定是昨晚我离开后发生的。"

"昨晚?"

刺破阴谋的荧光

伊雷娜惊讶得睁大眼睛看向弗雷德里克。他肯定和她想到一处去了,也非常震惊地看着居里夫人。

"您今天早上不在实验室?"

"是的,我先去邮寄了一些东西,接着就去上课了。这不,我刚过来就看到这个烂摊子!"

"也许这次真是莫里斯弄的?"伊雷娜问。

居里夫人摇了摇头,说:"莫里斯请假回家三天了。其他同事也都在上课。我不知道是谁动过我的东西!不过,我现在必须先把实验室整理好。请不要介意,我眼下的确没时间吃饭。"

伊雷娜太了解母亲了,只好和弗雷德里克一起先离开了实验室。

"选举后又有人闯入实验室,这证明选举舞弊的背后必定还另有隐情!"一走出实验室大楼,弗雷德里克就忍不住说。

伊雷娜义愤填膺地点点头："所以,我们需要继续追查下去。"

然而,他们还有两节化学课要上。伊雷娜和弗雷德里克别无选择,只能先前往大学。

他们抵达学校时为时尚早,便沿着走廊边散步边思考。突然,弗雷德里克停下脚步,一把抓住伊雷娜的袖子低声说："快看!"

刺破阴谋的荧光

  伊雷娜朝他说的方向望去,认出了奥黛特·杜邦。她在和谁说话?更重要的是她在说什么?奥黛特·杜邦的声音越来越大,回荡在走廊里。"米多尔十尼颇托罗匹茨亚!乌纳斯奈特夫热每尼!(俄语:我们得快点儿,没有时间了!)"之后她转身走开了,和她说话的人也不见了踪影。

  "奥黛特·杜邦在说外语。我认为是俄语!这太奇怪了!"伊雷娜看着弗雷德里克,他也是一脸不可思议的表情。

伊雷娜是什么意思?

九 阴 影 处

"我一直觉得奥黛特·杜邦有些奇怪。她肯定有问题!"伊雷娜激动地小声说。

"是的,她到底想从你妈妈那里得到什么?安托万·罗奇与此有关吗?他们两人总是形影不离,难道他们在密谋对付你妈妈吗?"弗雷德里克插话道。

伊雷娜咬着嘴唇思索着说道:"我不知道。但我觉得她很可疑。而且我们还有很多问题没有找到答案——是谁闯进实验室,偷走了妈妈的笔记?那个在采访中冒充妈妈的女人又是谁?"

"昨天我以为一切都是为了选举。现在我怀

刺破阴谋的荧光

疑这里面还大有文章。"弗雷德里克说。

"我也觉得。我想我知道谁能帮我们！"

伊雷娜激动地四下察看，确认没有人注意他们后，才凑到弗雷德里克身边低声说："我们得再去报社一趟。古斯塔夫·谢瓦利耶是一名记者，他一定能找到端倪。"

"可他为什么要帮助我们呢？"

"我们会想出理由的。"伊雷娜说着，拉起弗雷德里克走进教室。

接下来的两个小时里，弗雷德里克一直在思考伊雷娜要怎么说服记者帮助他们。可一直到下课他都毫无头绪，在去报社的路上他还是没想出答案来。

他们又一次成功溜进了报社大楼，这一次门卫正和两位摄影师聊得热火朝天，根本没注意到他们两个。

"谢瓦利耶先生在那里!"伊雷娜指着一扇大窗户旁边的一张桌子说。

弗雷德里克几乎听不清她的话。编辑部里还是那么吵,记者们或在打电话,或在激烈讨论,或在对着黑色打字机噼啪打字。古斯塔夫·谢瓦利耶正在阅读《埃克塞西奥报》。当伊雷娜和弗雷德里克走到他面前时,他还完全沉浸

刺破阴谋的荧光

在文章中。

"谢瓦利耶先生,我们需要您的帮助!"伊雷娜坚定地说。记者皱了皱眉,眯着眼睛烦躁地抬起头,当认出是伊雷娜和弗雷德里克时,他才高兴地说:"你们来得正好,我正想去感谢你们呢!的确有人假冒居里夫人接受了我的采访,有些信息根本不对,包括专利的事。居里夫人是波兰人,她绝不会把专利卖给沙皇!"

古斯塔夫·谢瓦利耶说起这件事来显得很难为情,说完后,他站起身来,把铅笔夹到右耳后面,好奇地看着他们俩,问:"你们今天来做什么?"

"是关于选举的事情。我妈妈本来应该能够赢得选举的,但爱德华·布兰利先生的支持者制造了意外事故,致使科学院的一些成员无法及时到场投票——这是彻头彻尾的选举舞弊。"伊雷

娜一口气说完。

"还有,昨晚居然有人潜入居里夫人的实验室,偷走了她的一些笔记。有人试图害她,但我们不知道是谁,也许您可以帮助我们。"弗雷德里克补充道。

古斯塔夫·谢瓦利耶专心倾听着,若有所思地点了点头。他摩挲着下巴,说:"选举舞弊是重大新闻,我们甚至还写了一篇关于此事的报道,但科学院院长认为这次选举毫无异议,所以选举结果不会改变。很抱歉这件事我帮不上忙了。"

伊雷娜叹了口气,问:"那妈妈的笔记被盗的事情呢?"

"嗯,也许你妈妈只是把笔记弄丢了?"

"这绝不可能!"伊雷娜急了。

记者耸耸肩。

"你知道,选举已经结束了。对我们而言,它已经不算真正的头条新闻了。我又写不出关于您母亲的真正有趣的事情。毕竟她一直深居简出,从不接受采访。"

"您什么意思?"弗雷德里克问。

"记者喜欢挖掘名人轶事,有趣的事情才能吸引读者。可居里夫人连吃的东西都很简单!她

宴请客人吃的都是土豆和青菜！"古斯塔夫·谢瓦利耶摇着头。

伊雷娜顿时起了疑心，反问："您怎么知道这些的？"

古斯塔夫·谢瓦利耶的脸一下子红了，支支吾吾不肯说。

"是您在花园四处翻找，打翻了锡桶！"弗雷德里克惊呼。

古斯塔夫·谢瓦利耶尴尬地清了清嗓子："嘘——不要那么大声。"

"要是让妈妈知道了，您永远别想采访她！"伊雷娜生气地说。她随即想到了什么，立马又乐开了花。

"您一直想采访我妈妈，是吗？"

"是的。"古斯塔夫·谢瓦利耶听她这么问便没那么紧张了。

刺破阴谋的荧光

"如果您能帮助我们搜集两个人的信息,我保证让妈妈接受您的采访,怎么样?"她调皮地笑着说。

古斯塔夫·谢瓦利耶坐下来哈哈大笑。

"你居然把我这个记者弄得没辙啦。好吧,成交!说吧,你们想搜集谁的信息?"

在这天接下来的时间里,伊雷娜唯一担心的是古斯塔夫·谢瓦利耶是否真能挖到奥黛特·杜邦和安托万·罗奇的消息。

"他是记者,如果他都一无所获,那就说明确实没什么可挖的。"弗雷德里克和伊雷娜一样热切盼望着古斯塔夫·谢瓦利耶能帮到他们。

他们等了很久,始终没有收到回复。记者曾承诺,他查到消息会第一时间联系他们,但一直没有动静。当天晚上没有,第二天上午也没有。弗雷德里克和伊雷娜在朗之万教授的课上坐立不安,心猿意马,根本听不进去教授讲的知识。下课后他们郁闷地去买面包卷和奶酪,准备一会儿在居维叶街与居里夫人共进晚餐。

刺破阴谋的荧光

"他不会联系我们了。他找不到任何线索，调查肯定又走进了死胡同。"伊雷娜一边为奶酪付钱，一边阴沉着脸说。

"我们得耐心点儿，他肯定能找到的……但愿如此。"弗雷德里克喃喃自语，他把食物放进口袋，跳上自行车，和伊雷娜一起骑车来到居维叶街。

暮色已经笼罩了巴黎，当他们到达居维叶街时，雪花纷纷扬扬地落了下来。此时街上没什么人，刺骨的寒风袭来，仿佛成千上万的小刀划过她的脸颊。伊雷娜用力蹬车好快点儿骑到实验室，这时她看见有人正从实验楼里出来。

"快看。是妈妈吗？"她刹住了车，弗雷德里克也照做了，和她一起眯起眼睛盯着大楼出口处。

"不是居里夫人。但这人会是谁呢？莫里斯

也不在这里。"弗雷德里克诧异地说。

只见那个人竖起大衣领子,缩着脖子,四下看了看,发现伊雷娜和弗雷德里克后,马上转身快步离开。

刺破阴谋的荧光

"这人很可疑!"伊雷娜说。

"快,跟上她!"弗雷德里克说。

他们刚跟了几米,那人便像松鼠一样敏捷地钻进了一个拱廊。

"快——我们要跟丢了!"伊雷娜低声说。然而弗雷德里克阻止了她,默默示意她跟着自己。他把自行车靠在旁边的墙上,谨慎地追上那个人。他们躲在拱廊附近的一座建筑后,弗雷德里克把手指放在嘴边,示意伊雷娜别出声,现在他们不能暴露自己。前面有人在窃窃私语,伊雷娜微微前倾身子,只能看到那人的一个侧影。不过,她已经知道前面是谁了。

伊雷娜认出的这个人是谁？

十 谁承想

"不对劲儿!看起来她好像要把什么东西藏起来。"伊雷娜压低声音说。

"是的,我也这么觉得,我们得阻止他们!"弗雷德里克低声回答。他拂去落在睫毛上的雪花,正想跑出去,寂静的街道上突然传来一个人的喊声。

"啊,你们在这儿呀!索邦大学有人告诉我,能在居里夫人的实验室找到你们!"

古斯塔夫·谢瓦利耶!不早不晚,偏偏在这个时候来找他们了。弗雷德里克暗暗叫苦,疯狂示意记者安静。伊雷娜瞥了一眼拱廊里面,奥黛

特·杜邦正迅速走向拱廊深处。

"怎么啦?"古斯塔夫·谢瓦利耶不明所以。

"小点儿声!奥黛特·杜邦刚从实验室出来。她的行为一直很可疑,现在她和另一个人站在那里,可能是安托万·罗奇。他们肯定在密谋什么!"伊雷娜压低声音,避免被听到。

古斯塔夫·谢瓦利耶认真地点点头,将伊雷娜和弗雷德里克拉到一边。

"我们得谨慎点儿,别让他们发现我们。我了解到一些很可怕的情况!"

弗雷德里克和伊雷娜瞪大了眼睛,古斯塔夫·谢瓦利耶小心翼翼地往旁边看了看,确定四下无人,才慌慌张张地对他们说:"奥黛特·杜邦和安托万·罗奇压根儿不是学者!他们是奥克瑞纳。"

"奥克瑞纳?那是什么?"弗雷德里克一脸

茫然地问。

"俄国的秘密警察。"伊雷娜脱口而出。弗雷德里克和古斯塔夫·谢瓦利耶吃惊地看向她,她补充道:"妈妈告诉过我。她还住在波兰时,就常常被奥克瑞纳监视。秘密警察非常恐怖,重要事情都逃不过他们的耳目。"

古斯塔夫·谢瓦利耶点点头,说:"是的。看来俄国的秘密警察正在关注居里夫人的研究。接受我采访的也是奥黛特·杜邦。那天她戴着假发和一顶大帽子,我就把她误认成了你妈妈。至于安托万·罗奇,我在照片资料库里找到了一张他和沙皇的合影。"

"什么?"伊雷娜非常吃惊。

"是的。所以我们得赶紧想想该找谁帮忙,现在情况相当紧急。"古斯塔夫·谢瓦利耶说。

伊雷娜正要说什么,忽然瞥见街道另一边有动静。她仔细看了看,又有人跑出实验室了。而这一次,真的是妈妈!

"妈妈在那儿!我们必须把一切都告诉她!"伊雷娜边说边冲妈妈招了招手。居里夫人看到了,匆匆穿过街道来到他们身边。她看上去心烦意乱,面有愠色。几缕头发散落下来,却挡不住

刺破阴谋的荧光

灰色的眸子里跳跃的怒火。

"有人偷了我的笔记本！我只离开了实验室几分钟，回来就发现实验室又被翻得乱七八糟。而且这次他们偷走了我的笔记本！真是糟糕透顶！我所有的最新研究成果都写在里面了！"

"刚刚被偷了？"古斯塔夫·谢瓦利耶的问题有点儿多余。居里夫人一脸茫然地看向他。

"这位先生是？"

"这位是古斯塔夫·谢瓦利耶先生。他可以帮我们，相信他吧，我们稍后会解释一切，妈妈！"伊雷娜边喊边开始奔跑。弗雷德里克愣了一秒钟后马上反应过来伊雷娜要做什么——她要去阻止奥黛特·杜邦和安托万·罗奇！

弗雷德里克大步追上伊雷娜，剩下居里夫人和古斯塔夫·谢瓦利耶愣在原地。

"你看到他们往哪个方向跑了吗？"弗雷德里克冲伊雷娜喊。

"那边！"伊雷娜回答，跑得更快了。雪下得越来越大，气温也下降得厉害，地上已经结了一层薄冰。他们拐进另一条街，路上只有几辆出租马车慢悠悠地行驶。

路面非常滑，弗雷德里克费劲地站稳脚跟，幸好他刚才扶住了路灯杆，才没有摔个四脚朝

天。但看到奥黛特·杜邦帽子上的鸵鸟毛就在不远处上下弹跳,他又拼尽全力跑起来。

他们必须阻止这两个人!

"我们马上就要追上他们了!"他喘着粗气说。

伊雷娜一边跑一边点头。一个卖菜的小贩突然推着车从一条小巷里冒出来，伊雷娜尖叫一声，勉强跳开了，跟跟跄跄地继续往前跑。卖菜小贩的车却翻了，洋葱和土豆滚了一地，给后面的弗雷德里克造成了很大的麻烦。

身后的动静惊动了奥黛特·杜邦和安托万·罗奇。他们转过身来，认出了弗雷德里克和伊雷娜，堆出满脸笑容。

"小偷儿！秘密警察！"伊雷娜大喊着跑了过来，两人的笑容顿时在脸上凝固了。

他们转身要逃。就在这时，古斯塔夫·谢瓦利耶一个箭步冲了过来，一把抓住了他们的胳膊。

"这是干什么？小偷儿？这里面是不是有什么误会？"奥黛特·杜邦叫道。

安托万·罗奇挥出一记勾拳，但古斯塔夫·谢

刺破阴谋的荧光

瓦利耶动作更快,将他的手臂反扭到了背后。安托万·罗奇发出一声怪叫,跪倒在地。奥黛特·杜邦抓起裙摆正要溜之大吉,伊雷娜和弗雷德里克

已经冲上来紧紧拽住了她。

"你们这是对公民的人身攻击!"奥黛特·杜邦厉声说。

但弗雷德里克和伊雷娜并没有放手。他们看到居里夫人带着街上的宪兵①跑了过来。

"请逮捕这两个人,先生。他们是大骗子!"当宪兵走近时,古斯塔夫·谢瓦利耶喘着粗气说。

宪兵看起来有些吃惊,但还是按照吩咐做了。毕竟有居里夫人在场,无论如何她总是可信的!

"先生,女士,我宣布,你们被捕了!"他坚定地说。

把安托万·罗奇和奥黛特·杜邦带回警局后,宪兵转向古斯塔夫·谢瓦利耶,低声说:"您

---

①宪兵,执法人员,类似警察。

刺破阴谋的荧光

还是向我解释一下,为什么要逮捕他们两个吧。"

古斯塔夫·谢瓦利耶说:"我可以告诉你。这两位是俄国的秘密警察。他们从居里夫人那里窃取了知识产权。"

"秘密警察?"居里夫人和宪兵齐声喊道。

"是的,俄国秘密警察。谁会想到呢?"

当晚,古斯塔夫·谢瓦利耶又重复了一遍这句话。伊雷娜、弗雷德里克、古斯塔夫·谢瓦利耶和居里夫人现在正坐在居里夫人家舒适的小客厅里。

古斯塔夫·谢瓦利耶放下茶杯,说:"俄国想购买、垄断您的研究专利,但您要免费向所有人提供,俄国可不希望看到这样的局面。沙皇希望俄国在科学界成为世界第一,而您的工作可能对他们非常有用。另外,您是波兰人,而波兰已被俄国占领。沙皇认为您的工作成果理应属于他。"他解释道。

"无耻!"居里夫人生气地说,"我早该听你们俩的,你们早就警告过我,好像有什么不对劲儿的地方。"

伊雷娜开心地笑了,弗雷德里克也眉开眼笑。他们终究没有失败!

刺破阴谋的荧光

"您得到了采访机会!"伊雷娜对古斯塔夫·谢瓦利耶说。他兴奋得耳根发烫。

"我的第一个问题已经有了。"他局促地低声说,不敢相信自己能有这般好运,能拿到居里夫人的独家专访!

居里夫人发出爽朗的笑声。

"恭听谢瓦利耶先生提问,但请一个一个地来。"

"嗯,您现在在研究什么?究竟是什么让沙皇这么想据为己有?"

居里夫人耸耸肩,说:"我正在研究镭的化合物。对我来说,它非常有趣。至于其他人,我不知道这对他们来说是否也很有价值。"

"你总是这么低调,妈妈!"伊雷娜笑着说。大家也都笑了起来。

亲爱的弗雷德里克:

我总是说妈妈太过低调,你知道她的笔记本到底有多大的价值吗?因为她的研究的重要性,她第二次获得了诺贝尔奖,这次是化学奖。我真高兴我们能够在这个过程中帮上忙!

斯德哥尔摩非常冷,积雪厚到几乎能把人埋了。不过这样的天气我们在追踪罪犯的时候就已经见识过了。

我们受到了礼遇,颁奖仪式非常隆重。希望有一天我也能获得诺贝尔奖,我一定会牢记这个目标。

致以亲切的问候
伊雷娜
1911 年 12 月

答案

一 / 作案的凶"猫"

猫咪对青菜和土豆不感兴趣,当然也不会对垃圾感兴趣。另外,门把手上还挂着一块土豆皮,猫咪可跳不了那么高。

二 / 神秘信息

决不能让居里夫人赢得选举。必须加以阻挠!

三 / 实验

实验台很乱,甚至还有烧瓶被打翻。莫里斯不会这样离开居里夫人的实验室,因为这是她绝对不会容忍的!

四 更多疑问

杜邦女士和罗奇先生不可能在外面站了很久，因为他们的外套和帽子上还没有积雪。

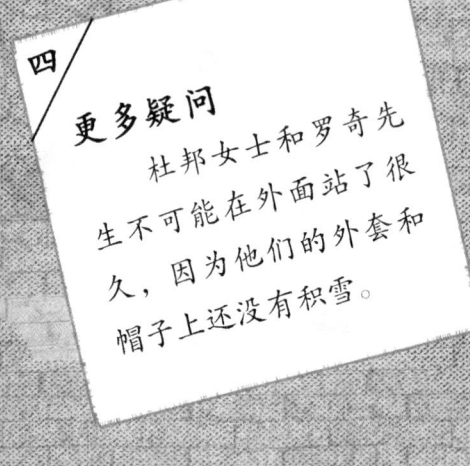

五 秘密

把这些碎纸片拼到一起，可以看出以下内容：
9:00 开编辑部会议(《费加罗报》)
12:00 采访居里夫人

六 恶毒的谣言

居里夫人从不接受采访。古斯塔夫·谢瓦利耶怎么会采访到她呢？

七 谎言

三位迟到的教授并没有提起苹果的事情,只说遇到一场事故。布兰利的支持者怎么会知道苹果的事呢?

八 更多阴谋

奥黛特·杜邦之前声称自己不会说外语,她显然在撒谎。

九 阴影处

伊雷娜通过那顶带有鸵鸟毛的扎眼帽子认出来了奥黛特·杜邦。

玛丽·居里生平大事年表

1867年　玛丽·斯克沃多夫斯卡出生于波兰华沙,即后来闻名世界的居里夫人,其父母都是中学教师。

1883年　她以优异的成绩从女子高中毕业。同年,她的家庭差点儿失去所有财产。

1883年—1890年　她担任家庭教师,用所得收入资助姐姐在巴黎学习医学。她还免费给村里的孩子上课。

1891年　她赴巴黎求学,11月进入索邦大学理学院物理系学习。

1893年—1894年　她以第一名的成绩完成了物理课程的学习,以第二名的成绩完成了数学课程的学习，并成为物理学教授安东尼·亨利·贝克勒尔的博士生。

1895年　他与皮埃尔·居里结婚。夫妇俩在一个临时搭建的极其简陋的实验室（他们称为"库房"）中一起工作。

1896年　安东尼·亨利·贝克勒尔发现了铀的放射性。居里夫妇坚信这种放射性也可以在其他元素身上找到。通过一次次沥青铀矿实验，他们成功分离出两种以前不为人知的元素——钋和之后的镭。

1897年　女儿伊雷娜出生。后来，伊雷娜与丈夫弗雷德里克一起获得了1935年的诺贝尔化学奖。

1898年　她和皮埃尔·居里发现了钍的放射性。

1900年　她在塞夫勒高等师范学院教授物理课。她也是用实验来直观讲解课程的第一人。

1903年　居里夫人获得物理学博士学位。同年，居里夫妇与安东尼·亨利·贝克勒尔共同获得诺贝尔物理学奖（表彰他们在天然放射性和放

117

	射现象领域的开拓性工作）。
1904 年	小女儿艾芙出生。皮埃尔·居里开始在巴黎索邦大学担任教授。居里夫人发表了她对放射性物质的研究成果。
1905 年	她的丈夫皮埃尔·居里当选科学院院士。
1906 年	皮埃尔·居里在一场马车交通事故中不幸丧生。在索邦大学管理层和众多同事的请求下，居里夫人接手了亡夫在大学的工作，成为第一位在索邦大学授课的女性。
1908 年	居里夫人被任命为索邦大学物理学教授。
1911 年	居里夫人成为第一位竞选法国科学院院士的女性。在 1 月 23 日的选举中，她以 28 票对 30 票惜败。同年 12 月，玛丽·居里获得诺贝尔化学奖（表彰其对钋和镭元素的分离以及对这些元素化学反应的研究）。她的女儿伊雷娜陪她一同去瑞典参加了颁奖典礼。
1914 年	她成为巴黎大学镭研究所的负责人。
1914 年	第一次世界大战爆发。居里夫人与女儿伊雷娜一起建造了一座安装在汽车中的移动的 X

射线医疗站。居里夫人经常独自一人开车到前线帮忙。

1918年—1927年　与女儿伊雷娜一起在巴黎的镭研究所进行研究,该研究所在此时发展为核研究中心。

1921年　居里夫人与女儿们开始了在美国的巡回演讲。时任美国总统的沃伦·哈丁赠送给她一克镭,以示对她的研究工作的肯定。

在这次旅途中,居里夫人的身体出现了由于常年接触放射性元素产生的疾病症状。

1922年　应国际联盟邀请,出任国际文化合作委员会委员。

1922年　居里夫人成为医学科学院成员。她全身心地投入到放射性物质在医学上的应用研究中。

1934年　居里夫人在法国上萨瓦省去世。

玛丽·居里——一位独一无二的女人

> 学者在实验室里不仅仅是一个技术人员。他还能亲眼看到美妙的自然规律,就像孩子站在童话世界的门前一样。
>
> ——玛丽·居里

年轻的玛丽

想把居里夫人的个人生活与她作为科学家的生活分开是不可能的。孩提时期,学习对她来说就是一件非常简单并且乐在其中的事情。解数学方程,就像自学阅读和写作一样,对她来说就像一场游戏。

从女子高中毕业时,她已经精通四种语言,并被邀请到"流动大学"上课。这不是一所真正的大学,而是一所秘密学校。俄国占领波兰后,禁止学校在教学时使用波兰语。然而,对于波兰的年轻人来说,这是对他们自由和文化的限制。他们组织了不定期授课的秘密社团,上课地点不是固定的,以免被俄国秘密警察发现,因此被称为"流动大学"。"流动大学"用波兰语教授天文学、社会学和自然科学。

年轻的玛丽业余时间免费给贫困的孩子上课,同时四处教书挣钱维持生计。她的目标是去巴黎上大学,这一目标达到后,她在巴黎学习得非常刻苦、努力,以至于让她差点儿错过了真爱——皮埃尔·居里。

与皮埃尔·居里的生活

幸运的是皮埃尔·居里也是一名全身心投入工作的科学家,其雄心壮志和对知识的渴求与玛丽不相上下。两人并肩工作,共同获得了诺贝尔物理学奖(1903年)。两人都喜欢骑自行车旅行,放松身心后再一头扎进实验室,废寝忘食,闭门不出。居里夫人非常不喜欢接受采访,即使接受采访也只谈论工作。"科学关乎事物,而不是关乎人!"她曾经对一位想写她私生活的记者说。

居里夫妇回到家中就会把工作完全丢开,全心全意照顾两个女儿——他们科研之外唯一的生活重心。这段伟大爱情随着皮埃尔·居里1906年死于一场车祸而终结。

寡居的居里夫人

　　丈夫去世后,玛丽·居里被大家尊称为"居里夫人"。只有工作才能让她暂时忘掉悲痛,她认为独自继续完成两人的事业是她的责任。她的女儿们,尤其是继承了居里夫妇对科学的热情的伊雷娜在这方面全力支持她。另一个女儿艾芙·居里则在音乐和艺术上颇具天赋,并选择以此为职业。

　　当伊雷娜到了上高中的年龄,居里夫人觉得女儿的潜力在学校得不到充分的开发,便与索邦大学的其他教授一起创办了一所私立学校。伊雷娜和其他几个孩子一起接受当时最著名的教授的私人授课,每天只上一到两个小时课,上课地点不固定,有时甚至在户外。当时的报纸都报道了这一特别的学校。然而两年后这所"学校"不得不停课了,因为教授们实在腾不出时间。在这之后,伊雷娜去了另一所私立学校,艾芙后来也在那里就读。

　　1914年,居里夫人与伊雷娜一起设计了移动式X光机。第一次世界大战爆发,前线士兵需要帮助,居里夫人多次亲自驾车将X光机带到前线各家医院。

战后，她与伊雷娜一起再次全身心投入研究。

居里夫人去世后，伊雷娜·居里与丈夫弗雷德里克·约里奥-居里因在人工放射性物质方面的重大发现一起获得了1935年的诺贝尔化学奖。倘若居里夫人还在世，肯定会十分欣慰。

出类拔萃的女性

在居里夫人生活的时代,女性上大学并不常见。当时社会分配给女性的角色是妻子和母亲。但玛丽和她的姐姐不仅在巴黎上了大学,而且成绩优异。在毕业照中,玛丽是一群男人中唯一的女性。

居里夫人是一位卓越且坚强的女人。她也是如此这般教育女儿的。她们可以穿男孩的衣服,可以进行体育锻炼,这是当时的人们难以想象的。

居里夫人也是第一位获得诺贝尔奖的女性,第一位获准在索邦大学任教的女性,第一位成为科学院院士的女性。在所有获得诺贝尔奖的名人中,居里夫人是唯一一位横跨两个领域、兼得两个学科——物理和化学诺贝尔奖的人。

钋和镭——新元素正在改变世界

居里夫人的导师安东尼·亨利·贝克勒尔于1896年发现了铀的放射性。居里夫妇对此很感兴趣,他们认为在其他元素身上也能找到类似的放射性。

事实证明他们是对的。经过多年艰苦、枯燥的研究和多次挫折,他们终于在1898年发现了以前不为人知的元素钋(居里夫人以祖国波兰的名字为之命名)。1898年12月26日,他们又分离出了镭(Radium,这个词的词根"radins"在拉丁语中意为"照射")。这两种元素都具有高放射性。同年,他们发现了元素钍的放射性。

这些研究成果在科学界引起了轰动,为后续的很多研究奠定了基础,至今仍影响着我们的生活。

放射性——是宝藏也是灾难

放射性这一概念由居里夫人提出，意指元素从不稳定的原子核自发地放出射线，进行衰变。

不幸的是，玛丽和皮埃尔·居里当时不知道也无法评估放射性的危害。在发现之初，这些射线不仅被认为无害，而且被当作是一种宝藏，尤其是在医学方面，居里放射疗法治愈了很多病患。

科学家们对原子核衰变时产生的巨大能量非常感兴趣，他们想要利用这种能量。于是原子物理学的时代就此来临，但同时原子弹的时代也到来了……

居里夫人也未能在放射性元素的射线中幸免，她正是因常年接触致癌的放射性物质而患病去世的。

以科学的名义

居里夫妇的发现在科学史上十分重要,因此许多事物都以他们的名字命名,今天仍是如此。除了居里天平,还有居里常数、居里定律和居里温度。居里还曾是一个表示放射性活度的单位,而居里疗法则是医学上的重要名词。

放射性元素高度危险,但它也可以是一种宝藏。正如皮埃尔·居里所说:"我相信,新发现对于人类是利大于弊的。"

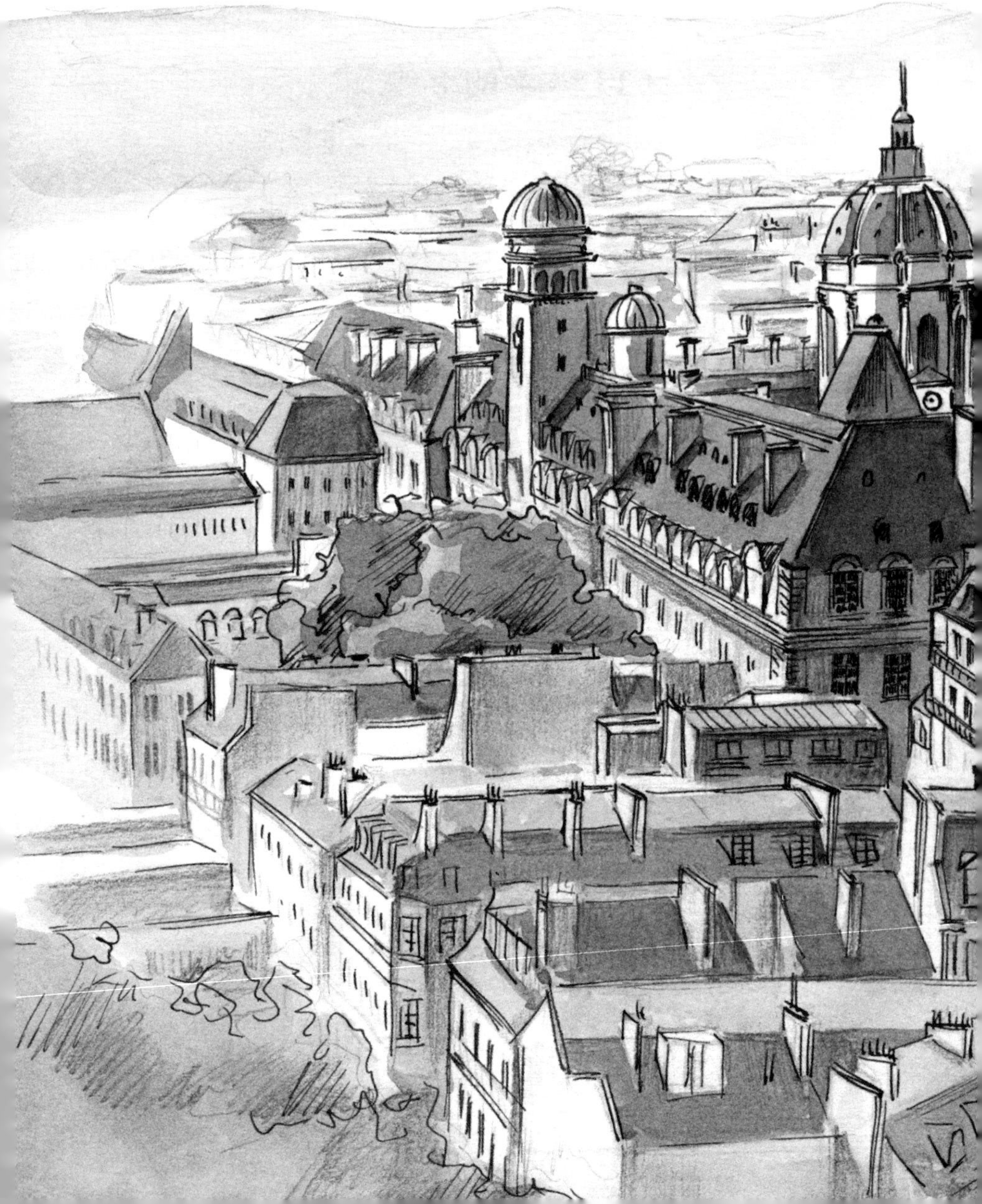

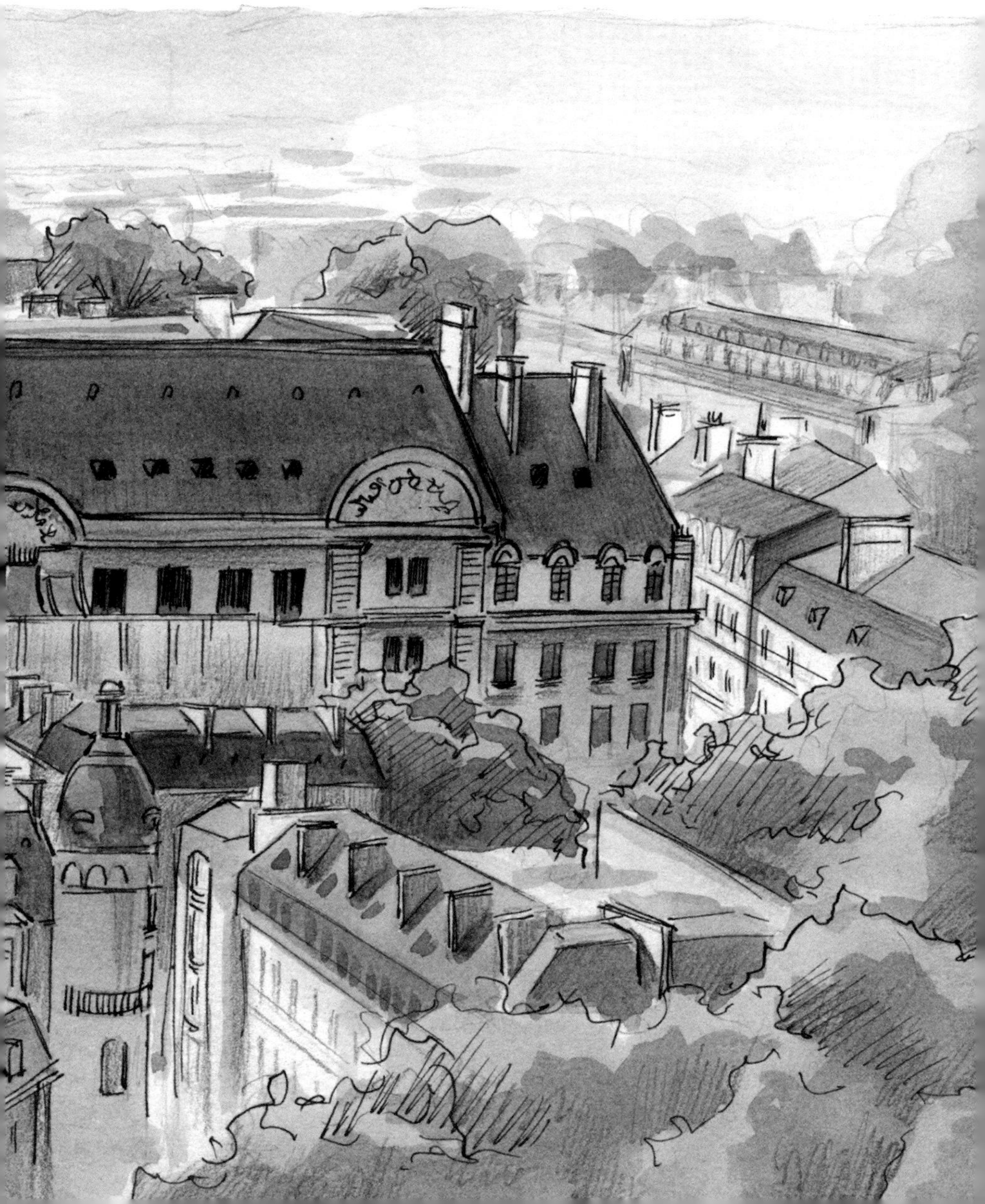